GOLDMANN

THUMB CINEMA

Der Autor

Heinz Günter Heygen, 1953 in Frankfurt am Main geboren und immer Frankfurter geblieben. Nach dem Abitur studierte er Germanistik und Anglistik, war Lehrbeauftragter an einer Gesamtschule, versuchte sich auch als Mundartdichter. Seit 1978 ist er als Nachrichtensprecher und Moderator freier Mitarbeiter des Hessischen Rundfunks.

Der Illustrator

Wolfgang Peter Küttner, 1952 in Berlin geboren. Machte 1970 eine Ausbildung als Werbetechniker. Einige Semester Städelschule, lebt in Frankfurt – hauptberuflich von der Werbung; seine Vorliebe gilt dem Custom-Painting (mit der Spritzpistole) und Illustrationen.

Außerdem lieferbar:

More English for Runaways.
Mehr Englisch für Fortgeschrittene (8840)

Heinz G. Heygen/Wolfgang P. Küttner

English for Runaways

Englisch für Fortgeschrittene

GOLDMANN VERLAG

DAUMENKINO

Der Goldmann Verlag
ist ein Unternehmen der Verlagsgruppe Bertelsmann

Made in Germany · 3/89 · 2. Auflage
Genehmigte Taschenbuchausgabe

Umschlaggestaltung: Design Team München
Umschlagillustration: W. P. Küttner
Druck: Presse-Druck Augsburg
Verlagsnummer: 8788
HK · Herstellung: Sebastian Strohmaier
ISBN 3-442-08788-0

Vorwort

Ja, dies ist Spaß, Gag, Blödelei. Keine Weltverbesserei; kein dickes Brett wird hier gebohrt; es geht nicht um den Nabel der Welt. Ein Buch zum Schmunzeln und zum Verschenken. Für alle, die Englisch lernen oder gelernt haben – und immer wieder »Germanismen« in die »Idioms« bauen. Und gerne über die Fehler anderer lachen.

Englisch ist eine Weltsprache. Schon dieser Anspruch suggeriert, daß man sie eigentlich vollkommen beherrschen sollte. Doch wer ist vollkommen?

In diesem Spannungsfeld zwischen Anspruch und Wirklichkeit ist der menschliche Humor Bindeglied und Ventil zugleich. Die sprachliche Phantasie schlägt eine Fremdsprache mit ihren eigenen Mitteln.

Der Fehler rückt an die Stelle der Perfektion; der Wunschtraum eines jeden Schülers wird Realität.

»English for Runaways« à la Heinrich Lübke. Aber nicht nur. Auch mit Hintersinn. Die Idee zu der Reihe »English for Runaways« für den Hessischen Rundfunk wurde geboren, als ein Arbeitskollege witzelte: »I think you have a thriller under your pony.«

Als dieser erste »Runaway« dann ein paar Tage später »über den Sender ging«, gab es eine unerwartet große Hörerresonanz. Sich neue »Runaways« auszudenken, um diesen Spaß fortzuführen, lag auf der Hand.
In der Zwischenzeit ist der »Runaway-Funke« längst auf die Hörer übergesprungen. Ihnen sind eine Menge witziger Anregungen zu verdanken.

Much fun. HGH

ALL START IS HEAVY

ALLER ANFANG IST SCHWER

THE FAR-LOOKING-TOWER

DER FERNSEHTURM

PIG-STRONG

SAUSTARK!

THE UMBRELLA-POWER

DIE SCHIRMHERRSCHAFT

TO WINDOW
„FENSTERLN"

THE BYCICLE STEAMER
DER RADDAMPFER

THE MOUTH FOOL
DER MAULESEL

...MORE FAR SO!
...WEITER SO!

THE GO HOME TIP CORNERS
DIE GEHEIMRATSECKEN

THE APPARTMENT-A-GO-GO
DAS WOHNMOBIL

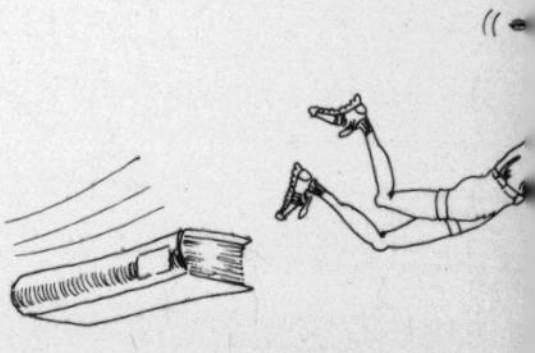

THE FLIPPING WEEKS
DIE FLITTERWOCHEN

THE SEA YOUNG WOMAN
DIE SEEJUNGFRAU

THE COUNTRY WHEELS OFFICE
DAS LANDRATSAMT

THE DUST BELL
DIE DUNSTGLOCKE

"THANKS FOR THE AFTERQUESTION"
„DANKE DER NACHFRAGE"

JACK-LOOK-IN-THE-AIR
HANS-GUCK-IN-DIE-LUFT

"YOU HAVE A SOFT COOKY"!
„DU HAST EINEN WEICHEN KEKS"!

THE CHARACTERTRAIN
DER CHARAKTERZUG

SKIN OFF!
HAUT AB!

THE GANGWAY

DIE GANGART

THE ROLLING SUPER-MARKET

DER ROLLADEN

JACK ROSE-VALLEY

HANS ROSENTHAL

IT IS ME SAUSAGE!

ES IST MIR WURST !

THE THROUGH-HOLDING-MONEY

DAS DURCHHALTEVERMÖGEN

"IT SEEMS TO BE MONEY"
„DER GELDSCHEIN"

THE COCAINE WALTZ
DER SCHNEEWALZER

THE TREE COLLEGE
DIE BAUMSCHULE

THE BEERCAP
DER BIERDECKEL

THE NEEDLE STRIPE AT TRAIN
DER NADELSTREIFENANZUG

THE BUSINESS SEX
DER BERUFSVERKEHR

HE IS BETTER THAN HIS CRY!
ER IST BESSER ALS SEIN RUF!

THE NINE TIME CLEVER
DER 9 x KLUGE

YOUR ENGLISH IS UNDER ALL PIG!
DEIN ENGLISCH IST UNTER ALLER SAU!

...THAT MOOD'S!
...DAS STIMMT!

THE DARLING COLOR
DIE LIEBLINGSFARBE

THE BABYSITTER
DER BABYSTUHL

THE STRONG RIVER
DER STARKSTROM

TO CHIRP ONE
„EINEN ZWITSCHERN"

THE APPLE-HOLDER-NUMBER
DIE BH-GRÖSSE

THE CAKE-LIFT

DER TORTENHEBER

COLONEL-VILLAGE

OBERSTDORF

THERE IS A TRAIN IN MY ROOM

ES ZIEHT !

THE WEATHER-PAIN

DIE WETTERAU

Bauernland in Hessen

THE CIRCLE-HALL

DER KREISSAAL

THE HEEL-MONEY
DAS FERSENGELD

THE SQUARE SLIPPER
DIE QUADRATLATSCHEN

THE GO SIT
DAS GESETZ

BEG BEAUTIFUL!
BITTE SCHÖN!

THE PEOPLE-CAR-FACTORY
DAS VOLKSWAGENWERK

WIEVIEL UHR IST ES?

ES IST DREI UHR!

YOU GO ME ON THE ALARM-CLOCK

DU GEHST MIR AUF DEN WECKER

THE ILL-CASH-BOX

DIE KRANKENKASSE

SLOW GOING IS ALL TRUCKS BEGINNING

MÜSSIGGANG IST ALLER LASTER ANFANG

THE COUNTRY-PEACE-BREAK

DER LANDFRIEDENSBRUCH

THE COUNTRY TONGUE
DIE LANDZUNGE

"YOU CAN SAY YOU TO ME"!
„SIE KÖNNEN DU ZU MIR SAGEN"!

THE FALLING UMBRELLA JUMPER
DER FALLSCHIRMSPRINGER

THE GO-STOP-RADIO
DER GEHALTSEMPFÄNGER

IT IS NOT ALLOWED TO TURN!
TURNEN VERBOTEN!

THE CHAIR WALK
DER STUHLGANG

"LIES HAVE SHORT LEGS"!
„LÜGEN HABEN KURZE BEINE"!

"MORNING HOUR HAS GOLD IN THE MOUTH"
MORGENSTUND HAT GOLD IM MUND

"PASSPORT OPEN"!
„PASS AUF"!

"THE MOTIVE HOLIES THE MIDDLE"!
„DER ZWECK HEILIGT DIE MITTEL"!

"CHEERIO MEALTIME"!
„PROST MAHLZEIT"!

"MY DEAR MISTER SINGING CLUB"
„MEIN LIEBER HERR GESANGSVEREIN"

"EGG LOGICAL"!
„EI LOGISCH"!

THE PAY-ATTENTION-AND LOCK-COMPANY

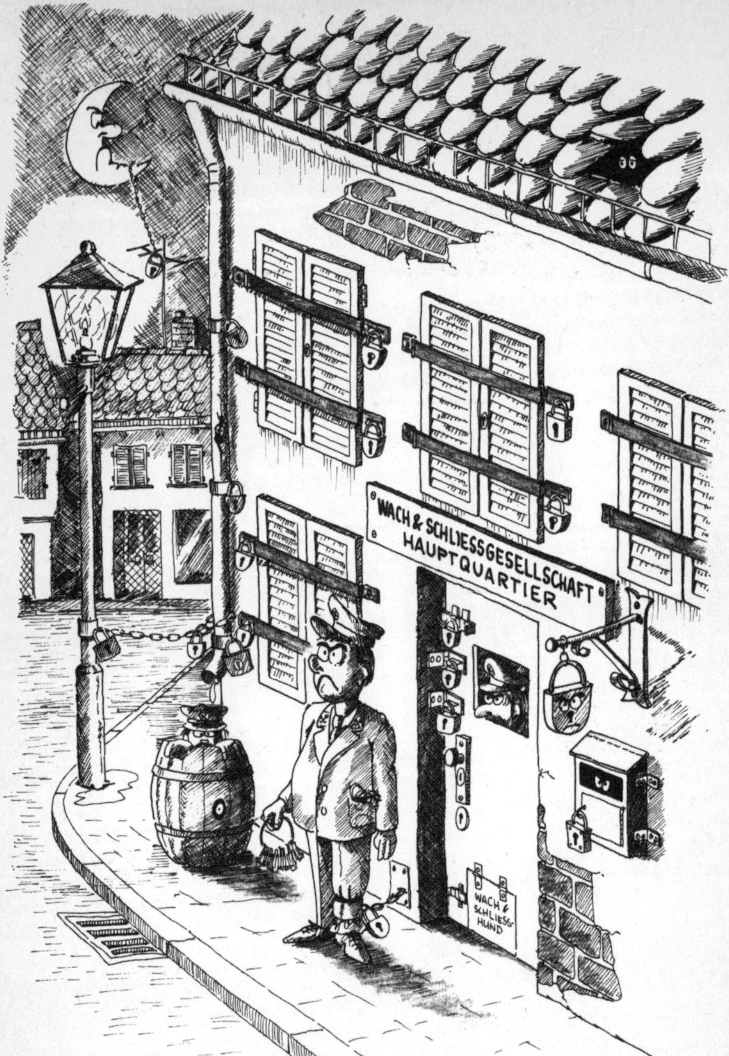

DIE WACH & SCHLIESSGESELLSCHAFT

THE HIGH-TIME-DUO

DAS HOCHZEITSPAAR

THE LITTLE BORDER-SEX

DER KLEINE GRENZVERKEHR

THE HEAD-STONE-STRIP

DAS KOPFSTEINPFLASTER

THE FIRE BUBBLE
DIE BRANDBLASE

THE BOXING BAG
DER BOXBEUTEL

THE AFTER BEAT FACTORY
DAS NACHSCHLAGEWERK

MICHAEL CITY
MICHELSTADT

THE OVERSITTER
DER DOLMETSCHER

GEHT DA DRIN WAS AB ? NEIN! ALLES TOTE HOSE

AT THE APPLE OF NATURE

AM BUSEN DER NATUR

THE GREEN-INVEST-MENT

DIE GRÜNANLAGE

THE SPOT-LIGHT-FEVER

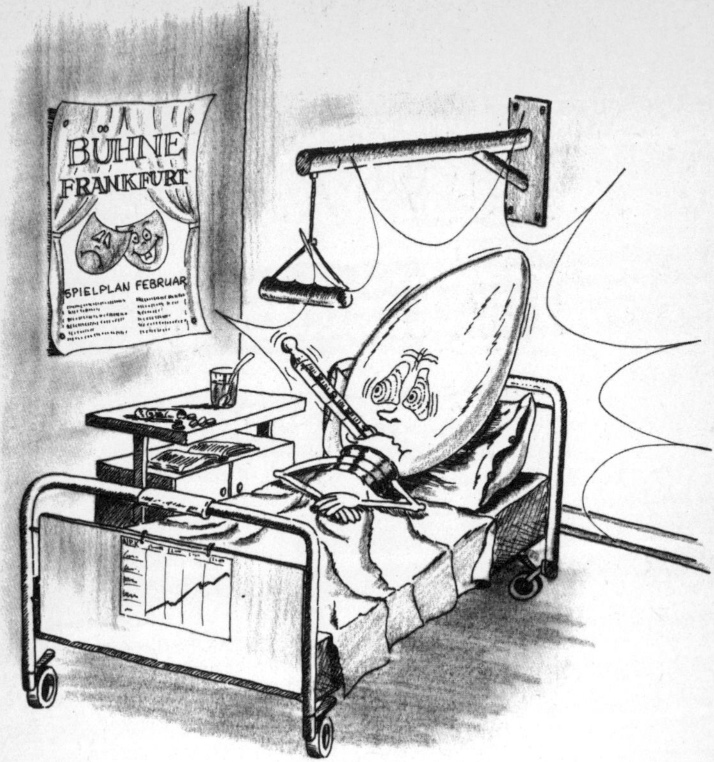

DAS LAMPENFIEBER

THE NEWS-PAPER-DUCK

DIE ZEITUNGSENTE

THE FARMERS EARLY-PIECE

DAS BAUERNFRÜHSTÜCK

THE ALMOST NIGHT TRAIN
DER FASTNACHTSZUG

TO FURNITURE SOMEONE
JEMANDEN AUFMÖBELN

OH DOUBLE YOU!
OH WEH!

THE GO STOP CUT
DIE GEHALTSKÜRZUNG

THE JUMPING COMPANY
DER TURNVEREIN

HIGH ATTENTIONFULL MILLER
HOCHACHTUNGSVOLL MÜLLER

THE TROUSERSHOP
DER HOSENLADEN

THE STOMACH BEGGER
DER MAGENBITTER

THE DRUNKEN FOX
DER BLAUFUCHS

THE PUB NEWS
DIE LOKALNACHRICHTEN

THE ONE FEELING MONEY
DAS EINFÜHLUNGSVERMÖGEN

"HUMAN BEING MEIER"!
„MENSCH MEIER"!

THE WATER COCK
DER WASSERHAHN

THE CHICKEN EYE
DAS HÜHNERAUGE

"I CLEAN THE PLATE"!
„ICH PUTZ DIE PLATTE"!

THE STRESS-TESTER

DER SPANNUNGSPRÜFER

THE CRY-TEST

DIE WEINPROBE

THE DINNER FOR ONE

DER EINHEITSFRASS

EN~~D~~TE